Yf 9370

A

mesdemoiselles

Targolieoni

Excuse

pour une prétendue offense,

— OU PLUTÔT —

à cause d'un moment de déplaisir
à elles involontairement
causé.

Hommage.

Y✝ Foisy

A la sixième ou septième représentation du ballet *La révolte au sérail*, un sifflet — modéré d'abord, puis plus tenace — a étonné la scène et une partie du public de l'Opéra. Le surlendemain, les *Débats* : le premier journal qui, à ma connaissance, ait raconté ce fait : lui ont assigné une cause étrange. Et son opinion a eu pour échos presque tous les journaux, dont la plupart ont reproduit son article. « C'était une cabale contre mesdemoiselles NOBLET et TAGLIONI. »

La *Quotidienne*, dans son feuilleton, a (mieux) compris que ce malencontreux sifflet n'avait été poussé que par mauvaise humeur. Mais elle y a vu peut-être un peu plus de malice qu'on n'y en avait réellement mis.

Un petit journal, que m'a fait connaître un ami, *L'anti-romantique*, pris d'une belle indignation : a, sans pitié, piqué, repiqué ; tailladé, déchiqueté ; ou mieux, mitraillé : le myope, le sot, le

Vandale, l'échappé du Gymnase ; qui s'est permis—insolemment—
de pousser—à l'Opéra—un sifflet, deux sifflets...... (—Tu as bien
failli, mon cher ! en avoir plus de deux à compter.—) Des sifflets
à l'Opéra ! c'est épouvantable ! c'est...... (—Diable ! mon sifflet t'a
donc bien remué les sens ?... Aurais-tu quelque action dans l'entre-
prise des claqueurs ?)

Je vous en félicite, monsieur VÉRON ! Vous n'avez pas de nombreux amis qu'au parterre.

Oui : j'ai sifflé, sifflé de tout mon cœur.—Non vos jolies danseuses, monsieur VÉRON ! Mais vos alliés, vos amis, monsieur
VÉRON ! les claqueurs. Mais c'est vous, monsieur VÉRON, que j'ai
sifflé. Oui : vous.

C'est par trop impudent, d'imposer au public des claqueurs,
jusqu'à l'Opéra ! —Aux boulevards, on conçoit la présence de ces
gens ; bien qu'elle y soit déplorable. A l'Opéra, elle est ultra-ré-
voltante.

Un individu a sifflé à l'Opéra. Parce qu'à l'Opéra, où il venait
pour la première fois ; à l'Opéra, où il ne croyait trouver qu'une
société bien choisie et se respectant : il a trouvé des claqueurs.
Parce qu'on n'a pas tenu compte de son improbation première.
Parce qu'on a méprisé également celles, en bon nombre, que, de
tous côtés, des mécontens ont poussées. Parce que—tête qui se
ressent encore quelque peu du soleil du midi ; ou, si on l'aime
mieux, aux trois quarts fou,— faisant aux autres ce qu'il doit—
il n'est pas toujours disposé à supporter ce qu'on n'a pas le droit
de lui faire.—Vous n'aviez pas le droit, monsieur VÉRON ! de nous
briser le tympan, à moi et à des amis, par les claquemens de vos
gens. Nul devoir donc ne m'imposait de les subir.—J'avais le
droit de les improuver. J'en ai usé. Et j'ai bien fait.—Vous ! com-
prenez-vous bien les idées exprimées par les mots *droit* et *devoir* ?

————

L'auteur inconnu du sifflet incompris n'a pas voulu garder sur
sa conscience le poids d'une accusation mal fondée. Il a demandé
aux *Débats* d'accueillir sa dénégation du motif qu'ils lui avaient

prêté : ce journal n'a pas jugé convenable de le faire. (L'envoi qui accompagnait la demande ne leur en aurait pas, cependant, rendu l'insertion dispendieuse ; je pense.)

Lui, alors, a jugé à propos d'écrire ces lignes : où il n'a pu s'empêcher de mêler, à ses souvenirs récens de l'Opéra, des souvenirs antérieurs, fournis par d'autres théâtres. — Certes ! il aime la scène, qu'il a un peu étudiée. Il l'aime beaucoup. Mais il exècre les claqueurs.

(Si pourtant ces claqueurs étaient tellement du goût de certain théâtre, qu'ils y fussent un des plaisirs qu'y goûtent les habitués : — on connaît mal les usages d'un lieu où l'on est étranger ; — il se dirait : « Mon cher Zadig ! tu as fait école. » Et, ne voulant point rester à l'arrière-garde, dans notre monde de progrès ; il se ferait peut-être faire des espèces de gants d'escrime, avec une large paume de bois : pour — sans se blesser les mains — vigoureusement, et d'une façon digne des amateurs, claqu-applaudir.)

Assurément : autrement que par ces pages : j'aurais pu : — bien plus convenablement : penseront plusieurs — témoigner, à monsieur Véron, et à ses échos les journaux, ma gratitude pour la pensée généreuse qu'ils m'ont fait l'honneur de me prêter.

Ainsi quelques lignes de remerciement — eût-il fallu acheter leur insertion, 20 fr. chacune — dans un autre journal ; auraient, à la rigueur, suffi. Les *Débats* ont assez d'amis, parmi leurs confrères, qui ne m'auraient pas refusé ce petit service. — Par là, j'aurais plus promptement, et à plus de personnes, manifesté ma reconnaissance envers monsieur Véron et ses amis.

Mais le ton politique, différent, du journal qui aurait accueilli ma réclamation ; aurait pu lui donner une légère teinte, un reflet d'opinion ; que son auteur était loin de vouloir qu'elle eût.

Et quand même ma réclamation serait parvenue à plus de personnes : qu'y aurais-je gagné ?... La feuille qui m'aurait accueilli ne passe jamais, peut-être, sous les yeux des dames offensées.

J'ai préféré m'adresser directement à ces dames.

Non que je sois assez sot pour croire que j'ai long-temps occupé leur pensée; et que, par cet hommage tel quel, j'attirerai leur attention plus de temps qu'il n'en faudra pour le recevoir. (Elles sont accoutumées à bien d'autres!)

Mais... — puisqu'on avait prétendu que ces dames avaient été insultées; — puisque la même voix, qui avait incriminé, avait refusé de m'absoudre — ... c'était à ces dames que (n'importe comment elles pourraient la recevoir;) je devais, en premier lieu, offrir la dénégation de la calomnie qu'on avait fait peser sur moi.

Et comme l'auteur de cette brochure (qu'il a fallu couvrir d'une robe qui la rendît présentable) n'a pas voulu qu'elle témoignât seule, auprès des dames auxquelles elle est offerte, de ses vrais sentimens: — il a fait accompagner son envoi de deux autres objets, qui n'ont pu être prêts assez tôt. L'un, disgracieux, a été refait. L'autre: un événement imprévu n'a pas permis à l'artiste, qui d'abord s'en était chargé, de l'exécuter.

D'où — ces quelques feuilles; répandues assez tard — bien que l'impression en fût terminée depuis plusieurs jours; que même elle aurait pu être hâtée davantage — ces feuilles ont perdu (je ne suis pas à l'apprendre;) presque entièrement tout leur mérite: l'à-propos.

Mais si le sifflet de l'Opéra est depuis long-temps oublié: les claqueurs ne passeront pas de mode, de si tôt — fort malheureusement. Une bonne partie de cet opuscule leur sera donc applicable, long-temps encore.

Outre les éloges plus ou moins mérités que me feront peut-être certains intéressés — risées et moqueries qui m'effraient médiocrement:

Outre cela: je m'attends quelque peu (bien que je l'ignorerai;) à ce que les dames, de qui je sollicite un pardon — si, entr'ouvrant ce petit livre, elles ne tombent pas tout d'abord sur leur éloge, ou ne le trouvent point convenable — à ce qu'elles pensent : « Oh! le sot, de nous parler d'autre chose que de nous ! » — Cependant elles ont, de si bonne amitié, partagé entre elles leurs bouquets ; qu'on pouvait présumer qu'elles verraient sans déplaisir, nommer, à côté d'elles, des amies d'une autre scène.

Car plus d'un sentiment devait m'agiter, pendant que je traçais ces pages. *Douleur de voir la scène envahie par les claqueurs. Odieux, pour nous public, de l'impôt de ces gens. Son affront pour les acteurs. Et aussi l'inconvenance du mode de donner publiquement, à ceux-ci, des récompenses.* — Et, plus que tout cela, l'infamie du motif qu'on m'avait prêté.

Insulter des femmes !... — Je ne commets point de ces bassesses-là, messieurs les compères des journaux !

Et l'une d'elles, c'était vous, TAGLIONI !

Vous qui, pour moi rêveur, avez réalisé tant de songes — vains, je le sais ; mais pleins de charmes. Vous dont le nom, dont l'image encore inconnue avait plus d'une fois occupé mes rêves. Vous, femme aux mouvemens empreints de tant de contentement et d'abandon ; de tant de légèreté, de grâce ! Vous dont on ne se souvient qu'avec délices ! — Vous qu'il faudrait, si la douleur de votre absence m'accablait : qu'il faudrait que j'allasse revoir — à Naples, à Vienne : n'importe — ne fût-ce qu'une fois ; et dussé-je, le lendemain, repartir ! — Vous que tous ceux qui vous ont vue : s'ils avaient de l'âme : ont DU aimer.......

Ah ! TAGLIONI ! femme enchanteresse !... J'ai besoin de tout mon peu de raison ; pour, en songeant à vous, ne pas faire, ne pas dire quelque folie !

E. R.

DES

CLAQUEURS.

―――――

..... Io mi son un che, quando
Amor mi spira, noto : ed in quel modo
Ch' ei detta dentro, vo significando.

DANTE, *Purgat.* cant. XXIV.

Non, non, TAGLIONI! non, NOBLET! femmes aima-
bles, voluptueuses, enivrantes! on ne vous a point fait
une insulte, un outrage. Nul ne l'a voulu; nul ne l'a fait.
On n'insulte, on n'outrage qu'avec l'intention de le
faire. Et à qui l'intention peut-elle venir de vous faire
une offense? Avez-vous manqué à votre art? vous toujours aussi admirables de légèreté, de souplesse, de dignité, de grâce! vous vraiment reines de votre scène!
Et—y auriez-vous manqué—n'êtes-vous pas femmes?
Une insulte à une femme, cela se voit quelquefois :
mais ceux qui la font sont des infâmes. Non : point
d'insulte à vous, point d'outrage : car nulle part, envers vous, de la haine. A vous de l'amour, toujours; et
maintenant, et depuis long-temps : l'amour de tous,
toujours nouveau, toujours mérité.

1

Ce son insolite, témoignage ordinaire d'improbation, qui vous a blessées : eh! il n'était pas pour vous. L'avez-vous pu croire, un instant? Cela ne se peut; cela ne devait pas être.

Vous ne l'avez pas cru, vous mademoiselle Noblet ! Ce son a dû vous paraître étrange; (car il n'avait peut-être pas, à vos yeux, de motifs suffisans;) et voilà tout. —Lui vous être adressé? Votre conscience vous répondait de vous; et repoussait une marque d'improbation qui, si elle vous eût eue pour but, eût réellement été un outrage. Vous avez pensé : « Ce n'est pas pour moi. »

Vous, mademoiselle Taglioni !—non moins sûre de vous, mais moins maîtresse de vos sens—vous avez été saisie, surprise; comme chacun de nous peut l'être à un bruit inattendu. Avant de pouvoir songer aussi, « Ce n'est pas pour moi, » —vous avez été effrayée : un instant, un instant bien court. Et puis la conscience de vous-même a triomphé de ce mouvement involontaire de frayeur; et, vous aussi, vous avez dit : « Ni pour moi, non plus. »

Oh! non; pour aucune de vous. —Mais contre des misérables déplacés dans ce lieu; qui vous profanaient, vous; qui froissaient, qui blessaient, qui tourmentaient moi et ceux qui pensaient comme moi. Contre ces gens qu'on a appelés au secours de l'art, et qui le déshonorent par une aide vile.

Et tous les temples de la pensée dramatique ont subi l'affront du secours de ces barbares ! Jusqu'à toi, pauvre scène Française! Magique Opéra, jusqu'à toi!—Le monde dramatique va donc périr ! que déjà les Vandales campent dans son sein.

Et c'est toi, pauvre scène! qui les y a conviés! Hélas! à qui as-tu été demander protection?—Oh! dans quelle détresse, dans quel dénuement tu as dû être plongée, abîmée? pour tendre tes mains à de telles gens, et leur dire : « Aidez-moi! » Tu n'avais donc plus confiance en toi? Tu te sentais donc bien faible de tes seules forces, bien près de mourir?— Mourir!... Ah! je comprends : la mort t'a fait peur. Et—dans ta frayeur, exagérée peut-être—tu t'es jetée au corps de ces hommes. Autant vivre de toi que d'une autre : ils t'ont saisie. Et tu t'es crue sauvée....Sauvée!—Tu as rougi quelque peu, d'abord; (je le suppose, je le crois même, pour ton honneur;)... tu as rougi des amans nouveaux qui allaient vivre avec toi—de toi. Mais, à tout prix, tu voulais vivre.—Mieux eût valu mourir. La femme aimée, on la préfère morte et restée digne de soi, que vivante et flétrie : flétrie parce qu'elle a consenti à l'être. — Toi, belle et noble femme, reine de la création intellectuelle! qu'es-tu maintenant? Tu sais qu'il y a des êtres flétris, malheureux et méprisés, qui...... Je ne veux pas achever : mon cœur se soulève.

Oh! misérable, toi qui le premier as eu cette idée, et qui l'as exécutée! Misérable : si, insensé, tu n'en avais pas calculé les conséquences. Assassin : si, les sachant, tu as passé outre. Car tu allais la déshonorer; puis lentement la tuer, toi ou tes successeurs.—Ce remède a son mal : c'était le breuvage qui, vrai poison, s'il ranime pour quelques momens les nerfs du patient, accélère l'instant où il va cesser de vivre.

Oui : ces défenseurs donnés à la scène lui ont nui plutôt qu'ils ne l'ont servie : par l'injuste, l'odieux de leur mission, qui violentait la liberté et la conscience du spectateur.—Ils étaient d'ailleurs impuissans à sauver la scène.

Complétement impuissans.

Impuissans par eux-mêmes. Car, minorité faible, en raison de la masse—ces applaudisseurs payés pouvaient-ils même songer à lui imposer leur sentiment de commande? — Et comment se seraient-ils fait des adeptes? eux incapables de sentir les œuvres qu'ils protégeaient; eux, donc, qui ne pouvaient avoir la foi en ces œuvres,—la foi, ame de tout prosélytisme;—eux qui, l'auraient-ils eue, n'auraient jamais pu la faire embrasser à la masse : parce qu'elle aurait rougi de mêler à des claquemens salariés ses applaudissemens volontaires!

Et impuissans, parce que le genre dramatique dont on les avait faits l'égide (C'est au drame récent qu'on doit l'introduction des claqueurs au théâtre.) n'excitait point de sympathies, n'attractionnait point à lui.—Pouvait-on l'aimer, avoir foi en lui? Il ne répondait point aux besoins de ceux à qui il était destiné.

Que veut-on, à la scène? Du vrai. Du vrai à la portée de soi; qu'on puisse sentir, reconnaître, apprécier sans effort; et qu'on ne soit pas obligé de croire, à peu près sur parole. Et plus le vrai sera saisissable et compréhensible, plus il sera goûté.—Ce fut là le secret de Molière. (et aussi l'instinct de La Fontaine.)

Si l'on demandait du nouveau; on ne demandait point de l'atroce, du hideux.—On était mal à l'aise, vis-à-vis tous ces meurtres. On rougissait de ces amours ou incestueuses, ou tracées avec un nu qui ne va bien que dans un lieu secret.

Et ce n'était point du nouveau, précisément, qu'on voulait. —On ne l'a tant dit, on ne l'a cru si générale- ment : que parce qu'on interprétait mal la vraie nature d'un sentiment que l'on éprouvait. On *sentait* le besoin d'une autre scène.—Les dramatistes ont mal compris eux-mêmes c██████████Le mélodrame à tyrans, dégé- nération fau████████la tragédie—la tragédie elle- même est ██████████onvient que peu à nos socié- tés modern██████████contribué à égarer les es- prits.)

Le commu██████s'est rué aux drames qui lui ont offert des scènes vraies de sa vie : (drames qui ont été souvent du dernier ignoble.)—Il a encombré le Palais- de-justice. Il a dévoré la *Gazette* et le *Courrier des tri- bunaux*. Non pour y trouver simplement des émotions. Ne le croyez pas. Mais pour y jouir des scènes de sa vie ; pour s'y voir, pour y voir ses voisins ; pour y retrouver enfin du *moi*.—L'instinct le guidait. Mais le commun peuple, qui sent juste communément, ne sait point en- core raisonner.

Il fallait, à la scène, du *moi* : de la peinture des mœurs de notre temps ;— afin que chacun pût se dire : « C'est un tel ; » et quelques-uns : « Cela pourrait bien être moi ; »—des tableaux d'où l'on pût retirer agrément et profit. (Car le but de l'art est double : plaire, et être utile.)

Le *moi*, le vrai, le commun : trois sources d'inté- rêt, à la scène.—On aime toujours à se retrouver. Jamais on n'est las de soi. —C'est un des plus nobles instincts de l'homme, si souvent égaré : que de sentir sur-le-champ

la vérité ; quand elle est mise à sa portée. On a plaisir
à la reconnaître ; il semble qu'on s'en ressouvienne.
Si le vrai plaît : on le prend pour soi. S'il déplaît : on
l'applique aux autres.—Et l'amour-propre, espèce d'ambition, veut que nous nous fassions les juges de toute
œuvre d'esprit qui nous est offerte. Plutôt que d'avouer
notre incompétence , nous la jugerons fausse. Quoique
nous sachions tous qu'on ne ju███████ avec *connais-*
sance de cause.

Le drame moderne a m███████ tous ces
principes, que la plus légè████████rait fait au
moins entrevoir.—Il a donn██████s scènes du
temps de nos aïeux. Il a fait p██████vue des rois,
seigneurs, princesses, ou tout-à-fait ou à peu près
inconnus ;—et dont le costume splendide et insolite
a excité presque seul la curiosité. Comme aurait fait
une belle mascarade, bien assortie ; ou un bal paré
splendide. — Il a fait ses héros cruels, ou leur a donné
des caractères outrés. Les mœurs odieuses données
presque généralement aux hauts personnages mis en
scène ont dû avoir pour effet (contre le dessein des
dramatistes ; je n'en doute pas ;) d'alimenter cette
haine vague qui, malheureusement, fermente aujour-
d'hui dans les rangs infimes contre les rangs plus éle-
vés de notre société. — Et les caractères outrés, de-
venus frénétiques, (que l'antiquité judicieuse fit rares :
OEdipe , Oreste) ont trop fréquemment occupé la
scène. — Il n'a presque eu pour but que d'exciter des
émotions. Comme si le drame n'était qu'une machine à
éprouver notre sensibilité nerveuse ! Comme si, d'ailleurs, on ne pouvait nous émouvoir, sans ébranler violemment tout notre être !

Est-il étonnant que le drame moderne ait excité si peu de sympathies? —

Pour forcer à le recevoir, il a bien fallu le faire soutenir par des alliés. — Pour qu'il eût des applaudissemens, il a bien fallu qu'il en soudoyât : qui le vantassent à lui-même; qui apprissent au public où et quand il devait applaudir,

Aussi je comprends des claqueurs aux boulevards; je les comprends même à l'ancienne Comédie-Française. — Mais à l'Opéra? Des claqueurs à l'Opéra?

Claqueurs! maudits claqueurs!

Claqueurs dont la présence au théâtre nous afflige; nous est odieuse à tous, public et acteurs. Claqueurs, la plus maudite engeance que l'abus des arts ait enfantée.

———

Les faux artistes, voilà le fléau naturel des arts. Que chez nous surtout; où l'on aime les arts par manie, par mode, plutôt que par sentiment; chez nous où le goût prétendu pour les arts a pris une extension peu judicieuse : — il y ait de soi-disant musiciens qui vous écorchent les oreilles et vous font saigner le cœur; — des femmes qui veulent chanter, (la femme est si belle, qui a une voix harmonieuse!) et dont la voix rend mal des notes que leur oreille sent mieux peut-être (pour leur honneur, du moins, je le suppose:) femmes à qui il faudrait un soleil d'Italie ou de Provence pour mûrir leurs sons : — des peintres qui complaisamment exposent, par centaines, au Musée, des toiles dont leur barbouillage a diminué la valeur. — Passe tout cela! Car tout cela, bien que déplorable, est la conséquence de l'art mal compris; et l'art doit être mal compris par des gens inhabiles, qui surabondent. (Or toute conséquence légitime d'un fait quelconque : dès que ce fait existe : doit être admise.)—Heureusement que, s'il y a de méchans peintres, de pitoyables musiciens, etc. : : il y en a de bons aussi, d'excellens. Et tel est le plaisir que ceux-ci nous font éprouver, qu'à eux modiques ils nous consolent des peines que nous causent les œuvres de leurs confrères : confrères de travail, mais non de génie.

Des artistes sans talent : eh! qu'il y en ait par milliers, si vous voulez; dans toutes les branches d'art : et à la scène de méchans acteurs, et des auteurs plus méchans encore! J'admets tout cela.—Je peux les éviter; je peux, attrapé une fois, me tenir en garde une seconde. Mais le puis-je des claqueurs?

Je regrette bien, en vérité, qu'aux expositions du Musée, les peintres bleu-rose-blanc-d'œufs-épinards; qui abondaient, l'an passé; ne se soient pas mis en tête de se faire applaudir;—et qu'une troupe de leurs gens ne se soit pas promenée çà et là : émettant ses applaudissemens devant les chefs-d'œuvre de leurs associés, donnant à chacun sa part pour son argent. Le ridicule de ces applaudissemens à froid les aurait fait mourir; avant même qu'ils n'eussent eu le temps d'exciter la nausée. Et peut-être que : les moqueries des claqueries de jour se représentant à l'esprit, le soir, au théâtre : l'idée fût venue d'en faire aussi là justice. Et l'on eût bien fait, très-bien fait.

Comment! il ne suffit pas au théâtre d'avoir à subir de méchantes pièces, médiocrement exécutées; où l'intérêt est nul, où les mœurs révoltent, où mille invraisemblances vous choquent? Non! La coupe ne serait pas assez amère : maintenus, que nous serions, en espérance ou en demi-contentement, par quelques scènes çà et là épar-

ses qui ou en entier ou en partie sont vraies et at-
tachantes, et par le petit nombre des autres œuvres
mieux senties et mieux rendues. Mais, outre ce fléau iné-
vitable, il faut encore supporter le dégoût, l'infamie
d'insolens et ineptes oppresseurs : les claqueurs! Bonnes
et mauvaises pièces, toutes devront avoir le cortége de
ces sbires du théâtre; toutes seront salies du contact
forcé de ces assesseurs de la police théâtrale! — C'est par
trop.

Qu'invité par une personne qui croit me faire une
politesse, j'entende par complaisance la lecture d'une
œuvre insipide. Je dois, en retour : si mon homme est de
ces gens qui ne veulent que des éloges, et auxquels on ne
peut raisonnablement rien objecter : ne point heurter
ses préjugés, puisque je ne saurais le guérir. Je me tairai.
Ou, si je suis forcé d'émettre un avis laudatif, je le fe-
rai de façon à compromettre le moins possible ma conscience. Mais ici je suis forcé, par les convenances, par
l'impossibilité de détromper mon hôte, à trouver bon ce
qui est détestable. Car je ne suis pas libre, dans le salon
d'un étranger qui ne m'a invité que par l'espoir d'un
éloge, d'un homme que ma franchise ne guérirait point.

Mais, au théâtre, la position respective de l'administration et de moi est tout autre.—Quelques-uns regarde-
raient peut-être l'administration comme subordonnée au
public. Suivant moi, cela n'est pas. Elle et le public sont
égaux; quoique n'étant plus libres, l'un de l'autre.—
« Tu fais profession de procurer du plaisir, à tant par tête?
J'en désire. Voici le prix convenu : contente-moi. » Les
deux parties étaient libres de ne point contracter : elles
l'ont fait. Chacune a droit, à des titres égaux, d'exiger

de l'autre l'accomplissement du contrat.—Le public n'est jamais en défaut. Car, d'avance et par présomption , il a soldé le prix requis.—A l'administration de remplir son engagement. Elle donne en effet, pour sa monnaie, une, deux pièces telles quelles. Bonnes , mauvaises; agréables , ou non; jouées bien ou mal : les voilà , public !

Ne serais-je pas content : je ne me plaindrais point, si les choses se passaient ainsi. Je me dirais, moi bon-homme :« Ils ont fait ce qu'ils ont pu. Ils ont échoué. (ce me semble.) Mais ils avaient bonne intention.» J'irais même jusqu'à craindre pour eux une non-réussite : chose à re-douter après des avances souvent considérables.—Et ma conduite est rationnelle; et tout homme raisonnable, (je n'en doute pas,) penserait de même. Car, si l'acteur ne m'a point satisfait , pourquoi le lui reprocherais-je? Un pacte peut-il exister entre lui et moi, qui l'oblige de ne me déplaire jamais ? Est-ce bien lui qui est mal disposé? n'est-ce pas moi plutôt, peut-être ? Peut-il être toujours monté au même degré ? De quel droit donc exigerais-je de lui ce que je ne permettrais pas à un autre d'exiger de moi ?

Mais rien de cela. Vous allez voir. Ou plutôt vous le savez aussi bien que moi, depuis long-temps , mal-heureusement et pour vous et pour moi.

Dans cette salle, plus ou moins pleine de monde— là venu pour y trouver un délassement à des travaux, une récréation de l'esprit, un spectacle pour les yeux , des émotions pour l'ame : il y a semés çà et là; par ordre, pêle-mêle avec ce bon public: des êtres dont l'office est de brutalement gourmander nos sensations, nos senti-mens ; par un appel violent à des applaudissemens—ou

que vous jugez immérités — ou qeu vous apprêtiez,
mais que la violence vous fait retenir. Ce sont des
mains de bois qui se heurtent avec vacarme, mues par
des bras infatigables, et qui vous portent presque l'épou-
vante au cœur.

Il faut examiner un peu les visages de ces hommes.
C'est un rire stupide sur des figures Hottentotes ou Ma-
gellaniennes. Ils rient à qui frappera plus fort.—Riez!
Vraiment, c'est beau! A ces oreilles sans tympan demandez donc grâce!... Grâce? Ce sont des hommes trop voisins de ce qu'on appelait jadis « la simple nature, » pour
savoir ce que c'est.

Et quand font-ils leur vacarme? Est-ce constamment
à un passage qui mérite vraiment d'être remarqué? C'est
un hasard, s'ils le rencontrent. A tort et à travers :
clààc! clààc! clààc! (C'est toujours à tort, quand l'intensité des applaudissemens n'est pas proportionnée au
mérite du passage applaudi.)—Ils claquent à un lever de
rideau, à une entrée en scène, à une roulade diabolique;
à un mot déclamé, un ton, un demi-ton trop haut; tantôt toujours au même endroit, tantôt à n'importe ce qui
leur passe par la tête. — Et c'est toujours aux bons acteurs qu'ils s'acharnent. Il semblerait qu'ils ont dessein
d'en dégoûter.—Aux médiocres, qui s'en feraient grande
fête et qui feraient avec eux disparate moins grande:
on n'a garde d'en donner. Le bout de l'oreille serait par
trop visible.—Comme il est bien agréable à l'acteur de
savoir souvent, de la coulisse, à quel mot de son rôle
il sera accueilli par les *clààc! clààc!* dont il connaît les
judicieux auteurs!

« Dâme! on m'a payé, moi. Faut ben que
j'claque. » Claquer est la consigne de cette espèce de

soldat, qui est surveillé par les caporaux et sergens de sa brigade, et quelquefois par l'état-major. — Il a aussi plaisir de contrarier les jouissances des autres, de faire de l'opposition à sa manière. (La lutte contre autrui, qui se révèle sous des formes presque infinies, est un essor faussé de la passion *ambition*, fourvoyée et dégradée.) Les claqueurs sont glorieux, très-glorieux, quand ils ont bien claqué. — Ils narguent, en outre, le public : et se vengent par là, sans s'en bien rendre raison à eux-mêmes, du piètre état, de l'avilissement dans lequel ils sont par leur sale métier. (C'est une des manifestations si fréquentes de la lutte entre les divers corps de la société.) — Mais surtout (je le répète,) c'est la gloire, l'ambition de claqueur qui les domine.

Une lutte s'engage, tous les soirs, entre eux et le public. Lutte souvent inoffensive : le public est parfois si bon, si bonasse! — Toutefois ils sont incertains des intentions des spectateurs. Ils tentent une petite salve. Elle a été sans écho bien sensible. A part une demi-douzaine, une douzaine de bonnes braves gens, benêts, ou à billets donnés : qui imitent par surprise, entraînement, parce qu'ils croient que dans cette « belle maison » c'est la mode ; (« Héée! frappe donc, mon fiaux! » entendais-je, un jour, un gros paysan dire à son garçon. « Tu vois pas qu'on frappe, tout par ilà ? ») le reste de la salle est tout tranquille; je vous le jure. — Après cinq minutes de repos, nouvelle... nouvelle salves; *crescendo poco a poco.* Et, ou quelques applaudissemens nouveaux gagnés, ou rien. — Et ainsi jusqu'à la fin.

Je le demande à ceux d'entre eux qui par hasard liraient ces lignes : N'est-il pas vrai qu'il leur est plus agréable d'avoir à lutter contre un public peu enclin à applaudir; et qui donne par-ci par-là, ou même souvent, des marques notables d'improbation?—Il y a guerre entre deux armées: « J'aurai la victoire, moi! » pensent ou sentent-ils. Ainsi le veut l'honneur du corps et du métier. (Autre mobile d'ardeur que je n'avais pas encore mentionné.) — Une victoire facile leur est fade; nauséeuse. Une victoire acharnée leur est glorieuse; comme à NAPOLÉON Aboukir ou la Moskwa. — Il ne faut pas oublier de noter que la rivalité entre les troupes claquantes des divers théâtres entretient leur activité.

On donne une pièce qui a de belles scènes, qui est une des illustrations de notre littérature. Je l'apprends. Des journaux d'opinion diverse en ont dit du bien : elle est d'un homme qui sait manier les passions et qui a fait ses preuves. Il faut que j'aille la voir.—Je me prive de la visite d'un ami, que je ne peux voir souvent? J'anticipe sur la part du mois prochain que mon budget réserve à mes plaisirs? N'importe. Je vais au théâtre. — J'entre enfin. — (Aïe! quel sera mon sort : si, imprudent, ou ne trouvant pas de place ailleurs, j'ai été me fourrer dans le guêpier : si devant, derrière moi, à mes côtés, je dois avoir des démons!)

On joue. Attentif à tout, (un peu par amour-propre, beaucoup par amour de la pièce; presque simultanément curieux, critique, disciple;) toute mon ame est tendue : mes yeux, mes oreilles sont occupés, avides. Pas à pas, je suis, je guette l'acteur. Et de ce monde — factice pour les autres, réel pour moi — où je suis transporté—tout à coup, un tumulte, comme de gens qui prennent violemment part à une querelle des rues, vient

m'éveiller, en sursaut ;—et me rappelle que, dans cette
salle : où pour moi il n'y avait rien que la scène et moi,
où pour chacun il devait en être de même : une légion
infernale y est aussi, là mise pour troubler, contrarier,
heurter , bouleverser mes sensations, mes émotions.

Misérables ! que vous ai-je fait, pour me torturer
ainsi?—A la porte, j'ai acheté le droit d'être ému à ma
guise, ému comme la nature le veut. De quel droit me
faites-vous troubler? vous que j'ai payé, vous qui avez
mis ces gens-là ! Vous avez oublié que vous étiez partie
dans un contrat tacite entre vous et moi? Moi, je n'ai
pas oublié—bien qu'il puisse quelquefois me plaire de
ne point faire ouvertement usage de la plénitude de
mon droit—je n'ai point oublié que ma liberté et ma
conscience sont inaliénables, sont imprescriptibles.

Toi, claqueur! comprends-tu les choses à quoi tu
aboies de tes mains? Tu insultes, tu outrages, tu in-
juries, tu blasphèmes le poète et l'acteur. Ce n'est
pas ton hommage que ni l'un ni l'autre veut, et
qu'il leur faut.—Tu devrais être ému de pitié ou d'a-
mour : et tu nous brises les oreilles ! alors que notre ame
est calme, ou agitée à peine. Ni la pitié ni l'amour ne sont
bruyans.—Tu fais aller tes mains à la terreur, à la haine,
à la vengeance; au dépit d'une femme contrariée; à sa
douleur d'abandonnée, d'outragée; à cette récurrence
d'amour qui fait intermède à la vengeance; à ce sublime
amour qui, après la vengeance, vient redemander de l'a-
mour à celui qu'elle a perdu :—car c'est de l'amour que
ce pardon que tu vas demander à ton prisonnier, Clotilde! (et que j'ai vu mainte fois n'être pas compris.)
—A tout il claque des mains. Une seule expression

de son contentement de commande, pour tant de causes qui si diversement ont dû émouvoir ton cœur ! — Que si tu n'as que le langage de tes mains bruyantes ; modifie-le au moins. Qu'il soit rapide, ou prolongé. Cadence-le, harmonise-le avec la situation de l'acteur : s'il est possible de le faire avec un si pitoyable moyen.

Leurs claquémens sont toujours les mêmes, toujours accentués sur la finale ; comme nos *bravòòòò, bravòòòò* : toujours disproportionnés dans leur durée. Tellement qu'il faut que, l'excès de satiété réagissant sur quelques membres de l'auditoire abondamment repus, leur fasse demander grâce ; c'est-à-dire, crier à ces barbares, « A bas la claque ! » ou « Silence ! » seule façon convenable de demander grâce à ces gens-là. — Hourras infernaux ! Vrais croassemens d'une troupe de corbeaux qui, troublés dans la digestion d'un repas hideux, pesamment se soulèvent de terre, et y retombent ; en faisant tout gémir autour d'eux de leurs *rhroàah, rhroàah, rhroàah.*—Ces croassemens mercenaires, poussés par des êtres humains ;... indignent.

Non : ces gens ne sentent, ni ne comprennent.— Je vous plains. — (Je devrais peut-être plutôt dire : Vous êtes bien, bien heureux !)

Clotilde, égarée par le ressentiment d'une offense horrible, a résolu d'abord de se venger ; puis elle revient sur elle-même :—femme vraiment femme, faible de constitution, femme nerveuse, femme sous l'influence d'un amour qui bouillonne ; et qui, après un instant d'exaltation de la vengeance, s'affaisse en quelque sorte, et retombe dans l'amour. — « *Ah ! mais...... je ne peux pas dire cela, moi...*» (C'est par là que la réaction commence.

— Qui a entendu mademoiselle MARS prononcer ces mots-là, les gardera toute sa vie dans l'oreille. Et bien d'autres!) Eh bien! à ce cri sublime d'un amour profond et égaré qui renaît : on commence à répondre, de la salle, par une salve de croassemens; que sur-le-champ des tonnerres d'applaudissemens couvrent, et que les claquemens redépassent. Ah! c'était bien plutôt un cri d'admiration ou de contentement qui devait sortir de votre poitrine. — Vous espérez peut-être que le bruit va finir? Bah! Impitoyable comme le vautour de Prométhée; la fureur de nos bourreaux n'aura point de repos. Et le tumulte dure deux ou trois minutes au moins. — Il ne faut à l'actrice que demi-minute, une au plus, pour se remettre. (une, c'est trop.) Mais qu'importe au vautour? il avait encore à ronger notre ame: Et les cinquante premiers mots au moins, qui suivent ce passage, sont entièrement perdus pour l'auditeur.—Demandez à mademoiselle MARS, si elle n'a pas souffert de la trop longue durée de ces applaudissemens.—Oui : il y a eu vraiment ici des *applaudissemens;* parmi cet autre bruit qui n'était que cette continuation indéfinie d'un aboiement de chiens mis en humeur par un *crescendo* qui remplissait bien leur oreille. Mais les *applaudissemens* ont été expression de gens qui n'en ont pas d'autre d'apprise, et dont le cœur sent que ce qu'ils vont faire n'est pas digne de l'impression du moment. Mais machinalement, magnétiquement, le bruit des commençans les entraîne. Comme, à leur tour, ils vont entraîner la hideuse queue claquante. — Il n'y a pas d'acteur qui n'ait, vingt, cent fois, éprouvé ce que j'ai dit de mademoiselle MARS.

Pends-toi, MARS! Le son de ta voix si pure, si harmonique, d'une intonation si juste; qui dénote une perfection

admirable des organes de l'ouïe et de la voix : il y a des
hommes sur qui ta voix ne fait rien! — Toi aussi, je t'ai
connue bien tard. — Et tu m'as fait d'autant plus re-
gretter de n'avoir jamais — jamais ! — vu TALMA. C'est
une de mes grandes douleurs; c'est presque une honte.

« Vous êtes injuste! (va-t-on se récrier.) Il ne faut
donc pas applaudir à l'acteur? » Distinguons, s'il vous
plaît; très-fort distinguons. — Claquemens ne sont pas
applaudissemens. Il y a, pour une oreille sûre d'elle-
même, des différences sensibles entre les deux. Ce n'est
que par exception qu'ils sont quelquefois semblables. —
Ce qui a lieu quand la majorité des auditeurs est à
peu près du degré d'élévation de ceux qui sont claqueurs
par état. Alors les applaudissemens auront le même son.
A cette différence près encore: que l'on sentira de la joie
émanée de ce brouhaha de mains et de pieds qui s'agite,
grossièrement, mais avec ame : caractère que n'a point
le claquement, qui n'est que bruit, et n'attrape jamais l'ame du sonore.

Oui, il faut des applaudissemens à l'acteur. Mais
donnés — quand il les mérite — et convenablement.

Que chacun — je vous excepte, claqueurs! — juge,
suivant son ame, de ce qui mérite son assentiment. Les
claqueurs mis de côté: les spectateurs qui applaudiraient
à contre-sens seraient ou vite rappelés à l'ordre par leurs
voisins libres ; ou se feraient justice à eux-mêmes, con-
fus de leur petit nombre. Hommes non comprimés;
sentant librement, et s'exprimant de même; en grand
nombre; — sans préméditation de cabale ! sans coalition
antérieure! — s'équilibreront convenablement d'eux-mê-

mes :—sans qu'il y ait à craindre de scandale. Soyez-en certain.

« Mais s'il y a coalition contre ? »—Ce n'est point par la claque qu'il faut la détruire. Tout moyen coërcitif ne vaut rien. La passion *ambition* excite à la lutte. (Il n'y a que la minorité pusillanime qui courbe la tête; quand elle est assez prudente pour ne pas affronter la colère de la multitude.)—*Coalitions contre ,polur*... sont impossibles; le public étant libre. Parce que, n'y aurait-il que deux ames dans toute la salle qui sentissent juste : ces deux ames seront assez fortes, (les ames fortes sont en petit nombre;) pour, à elles seules, venger l'acteur de l'outrage—ou d'une fausse approbation, qui est nuisible à son talent,—ou d'un manque d'applaudissement que les ames vulgaires ou naturellement timides n'ont pas su ou osé lui donner. Et l'acteur saura beaucoup de gré de ces deux seules marques d'estime, qui sont senties; à ceux qui, bravant la foule, les lui auront données. Comme ce suffrage du vieillard qui, du parterre, cria (dit-on) à MOLIÈRE : « Bien, MOLIÈRE! voilà de la vraie comédie! » ce suffrage valut plus aux yeux de MOLIÈRE que tout le reste de son auditoire.

« Mais quelle est la forme qu'il faut donner à l'approbation ? » — Nous Français, nous claquons des mains. Sur le même ton , à peu près, que nous avons traduit en notre accent Français *bravòòò*, ce que l'Italien prononce *brávo, bráva*.

Au lieu de vos mains qui, comme la basse continue des orgues, étourdissent et fatiguent, exclamez-vous, quand la nature le veut, l'exige de vous. *Bien!... Ah!...* etc. sur des intonations différentes. Vous inventerez des expressions, si votre langue en est pauvre.—Vous riez bien, vous pleurez bien, parfois, dans l'occasion? Alors vous êtes naturels. Soyez-le toujours. — Si vous sympathisiez bien de sentimens avec l'acteur—qui sent, lui!—et trop, pour son malheur! car souvent c'est en pure perte : et c'est là une mort lente de l'ame, dont ne guérissent point quelques éclairs de plaisir—si vous sympathisiez avec lui : vous n'applaudiriez que dans des cas assez rares, là où vous devez *admirer*.—Mais vous ne savez pas applaudir.... Parce que vous ne sentez pas assez bien. — Ah! que vous dûtes être heureuse, madame DORVAL! le soir où vous reçûtes cet hommage, si bien senti, de madame MALIBRAN! et que feu ANDRIEUX (que tous ont regretté!) a si délicatement retracé dans un *Keepseake* des années précédentes.

Tu veux des formes matérielles d'applaudissement, public? Tiens! une entre autres. Quand des sentimens grandioses et beaux—qu'on t'a, au reste, rarement montrés; et que tu ne sais pas encore démêler dans toi, qui les y as souvent, mais misérablement déformés : comme était cette ame sublime et de forme repoussante, Quasimodo—.... Quand ces sentimens te seront noblement rendus par l'acteur : si ton ame, encore engourdie, ne sent pas qu'ils soient, chez toi, à l'unisson des leurs; si tu ne te trouves pas à l'aise avec ce sentiment; s'il te domine, t'oppresse; si tu admires, en un mot, ce que tu devrais trouver tout naturel : alors baisse ton front... Baisse!... Car tu ne fais qu'admirer.—« C'est un geste d'esclave! » Eh! tu n'es pas libre de l'artiste. Tu es sa proie, il est ton maître.

———

Actrices, acteurs! que je vous plains!—Car je n'ai pas l'ame assez usée encore pour ne pas jouir de vos joies, et souffrir de vos douleurs. — (Homme vain : ce n'est peut-être que sur moi que, sans le savoir, je me réjouis ou je pleure.)

Comment vous louent-ils, ces gens qui, par curiosité, viennent vous voir comme manœuvrer sur la scène ? (C'est pour eux qu'il y a, exprès, dans cette phrase, un mot dur.) Comment vous proclament-ils rois, reines de cette scène ?—Ah! pauvre cher peuple de France! tu es vraiment bon, tu es généreux; mais tu ne sens pas les arts.

Voici comment, en Italie, on couronne une actrice, un acteur. On jette des fleurs sur la scène; des loges voisines, du parterre. Bouquets grands et petits.—A ceux-là on ne touche pas. Les pieds de l'actrice, de l'acteur qui va triompher, les foulent. — Et quand le dieu est au milieu de la scène; après ses saluts de politesse et de gratitude : entre aussi en scène, par une coulisse, un jeune enfant; souvent costumé en génie; apportant, sur un riche coussin, une couronne. Le triomphateur la prend dans ses mains. Et un camarade, qui l'accompagne, la pose sur sa tête.— Et alors on jette de nouvelles fleurs. On fait voler des pièces de vers. On applaudit : des yeux, du geste, de la voix, des mains, de tous les sens. Car alors le sentiment déborde. Sentiment d'amour, d'admiration, de joie, pour l'artiste : sentiment, bien grand aussi, de sa dignité conservée. — Ah ! divine Italie! Italie divine ! quand te verrai-je?

Eh bien! moi qui siffle, ai-je compris le triomphe de ces hommes dévoués à l'art? dévoués à toi, peuple! qui peut-être ne t'en souviendras plus, quand ils auront des rides au front et des cheveux blanchis; vieillards avant l'âge. Moi qui siffle, je serais heureux que ces hommes ; que j'ai vénérés de loin, que je n'ai admirés qu'à distance, dans les jours de votre amour : — quand vous les aurez délaissés ; si vous le faites : (lisez, dans madame D'ABRANTÈS l'épisode touchant de mademoiselle CLAIRON) — qu'ils veuillent me permettre, si je découvre leur retraite, d'aller leur demander de me parler un peu de cet art que j'ai toujours aimé. Bienheureux, si mon ame sent encore assez pour comprendre pleinement leur douleur !

Oh ! vous, au moins, acteurs ! si je siffle, vous ne croirez pas que c'est à vous que je m'adresse.

Vengeurs d'une prétendue offense ! savez-vous comment j'aurais vengé mesdemoiselles NOBLET et TAGLIONI du prétendu outrage à elles fait ? Je veux bien vous dire deux de mes moyens, à vous qui les avez mal vengées.

Si j'avais cru qu'elles eussent été insultées : j'aurais voulu non-seulement honorer ces dames, mais les faire honorer par tout le public, mais honorer le public lui-même. — Vous avez jeté sur la scène plusieurs bouquets ; que ces dames ont partagés, en bonnes amies. Il ne devait y avoir de fleurs que pour les deux nobles victimes. —— J'aurais attendu patiemment que la toile du dernier acte tombât. A peine le rideau eût-il commencé à se mouvoir par en haut ; que, de ma loge, m'adressant au public, j'aurais dit que « deux dames (ils le savaient) avaient été outragées ; qu'il était juste de réparer l'outrage ; qu'on allait le faire. » Toute l'assemblée se serait levée comme un seul homme : tous auraient goûté cette idée : (je lui ferais honte, si j'en doutais.) il n'y aurait pas eu de place pour l'envie. On eût crié *bravo;*

on eût battu des mains. « La toile! » Les actrices auraient reparu; et un autre, à l'affût dans les corridors, avec une couronne improvisée—(la bouquetière n'eût-elle pas eu de fleurs : avec un cabriolet au galop, dans deux actes et demi, on en trouve, et de belles)—entrait sur la scène : et les amazones gracieuses recevaient un dédommagement noble de leur déplaisir.—Voilà une des choses que j'aurais faites. Un hommage de cette façon aurait-il valu le vôtre?—(Quant à l'autre *moi* siffleur du parterre, qu'aurait-il fait? Il aurait lutté—de générosité, de grandeur d'ame. Ce qu'il aurait fait, je ne vous le dis pas; je n'ai pas pris l'engagement de vous dire tous mes secrets.)

Si j'avais cru qu'elles avaient été insultées—sur-le-champ, pendant le sifflet même—car je n'aurais pas eu l'ame assez flegmatique pour attendre deux heures à réagir;—j'aurais, de ma loge, crié, « A bas! à bas le sifflet! » de façon que le plus intrépide siffleur l'eût entendu. De nous deux, l'ame la plus forte eût, dans moins d'une seconde, anéanti l'autre.

Oui : j'ai sifflé.—Mais moi qui siffle, je ne tourne pas le dos à la scène,—bel hommage à madame Damoreau et à Nourrit qui l'occupaient!—à la scène où plus tard je jetterai des fleurs. Moi qui siffle, je ne me tords pas à la renverse sur le rebord de la balustrade; en pouffant, tout haut, de rire—très-intempestivement, très-indécemment—de rire d'un de mes voisins, de mes amis : parce qu'il a salué, dans une loge voisine, une dame d'un certain âge, fort honorable, et qu'il connaît. Moi qui siffle, je ne chasse pas aux mouches ou aux follets avec ma canne—toujours, poliment, le dos à la scène. Je ne fais pas tout cela : car

je ne suis pas une espèce de marquis de l'ancien régime,
moi qui siffle et qui sens.

Vous ! vous jetez des bouquets sur la scène. Par pudeur pour celles à qui fut fait un tel hommage, je ne veux
pas le comparer.—Jetés sur la scène !... Les fleurs en seront plus belles, sans doute? Bagatelle, que cela.— Mais
il faudra qu'elles se baissent, ces femmes, devant vous;
pour ramasser votre présent? Vous êtes contens! Vous
dont le front devrait se courber devant des femmes : car
vous ne devez pas les comprendre.

Moi qui ai sifflé, j'ai rougi de votre hommage, pour
elles ; j'en ai ri de moquerie, pour vous. —Des femmes,
presque le front à terre, devant ces beaux vengeurs, ra-
massent des fleurs à elles jetées, et *ternies*— je dis ce mot
pour elles : (moi qui siffle, je ne veux pas leur faire sentir
que vous les humiliez, que vous les dégradez :) pour vous
le mot est *souillées*—de cette poussière qu'un valet, le
lendemain, enlèvera. Moi, si je donnais publiquement des
bouquets, des couronnes; je ne les donnerais pas ainsi.
J'épargnerais à des femmes la *peine*—à vous je dirais :
la *honte*—de se baisser. Parce que moi je ne me suis
personne ; et que mes gestes, paroles, actions, sont sen-
tis : à moins que ma tête ne sommeille—ce qui arrive à
tout le monde—bien qu'éveillé.

Ce bouquet de fleurs sur le sein de cette jeune femme,
cette couronne sur son front : avec la poussière du sol
que tous les pieds de l'Opéra ont foulé ! — Non! non!
Des cendres ne doivent point salir ses cheveux et son
front peut-être; son front qui n'a point de rides, et ne
doit pas encore pressentir la mort. — Elle souillera son
sein, cette poussière qu'elle a ramassée à terre. Car—
peut-être—jeune fille, heureuse de marques d'amour;

elle fera reposer près d'elle, sur sa couche, sur son sein recouvert de ses mains jointes, cette couronne qu'elle a conquise par sa grâce.—Elle salira ses lèvres, cette poussière. Car elle l'y portera peut-être.—Et que sais-je moi? Irai-je, curieusement, grossièrement, sonder les secrets du cœur d'une femme? pour savoir si, à plus d'un titre, ce bouquet ne lui est pas cher. Que sais-je, si elle n'a pas bien choisi—dans un éclair de temps—celui qu'elle lui savait destiné? — Et tout ce que je ne sais pas! Mais ce que j'ai dit, une femme le pouvait faire.

« On a balayé le devant de la scène, après la toile tombée, avant le second acte. » — Je n'en sais rien. Je tournais le dos à la scène; alors que tout le monde le peut décemment faire. — Et puis était-ce bien pour recevoir vos bouquets qu'un valet venait nettoyer l'avant-scène? Et les fleurs dont on l'avait jonchée, dans la marche triomphale du premier acte, devait-on les retrouver dans la scène du bain? (Scène ravissante!)—Et l'idée serait-elle venue de vous—je ne vous en crois pas capables!—en eussions-nous tous été instruits; de façon à n'être pas choqués par la crainte de voir de jolies fleurs ramassées—ternies—par de jolies femmes: malgré cela, il y avait toujours l'odieux.

————

Moi qui siffle, voilà comment je pense. —Et vous! si vous retrouvez occasion de parler de ce fait, ou d'en faire parler, vous n'outragerez plus (j'espère,) ni ces dames, ni moi.

Car vous avez dit à vos amis, à tous; à la France, à toute l'Europe, à l'Amérique—partout on sait, on saura, dans ce monde—que, tel jour, à telle heure, des femmes furent injuriées, outragées! Leur direz-vous main-

tenant que votre calomnie a été relevée? Reconnaîtrez-
vous, avouerez-vous à qui réellement vous avez fait,
vous! outrage? savoir, à ces femmes et à moi.—Si elles
ont été injuriées : c'est par vous, qui avez osé penser
qu'on avait songé à leur faire une injure. Et vous m'a-
vez calomnié, moi!

Siffleur inconnu,—blessé—inconnu j'ai réclamé.
« Qu'est-ce que c'est que ce billet-là?... Tiens!... Ah!
ah! ah!»—Et vous avez rejeté ma réclamation—comme
venant d'une tête folle; — ou parce que votre but de
politique théâtrale était suffisamment rempli. — Je vous
fais grâce de ce dernier motif. Mais soit! je suis fou. Je
l'accepte.

Fou.... Oui! Car je sens trop vivement.—Et peut-
être devrais-je m'abstenir de la scène. Mais le puis-je?
je n'y vais point par pur désœuvrement; comme d'autres, qui tout aussi bien auraient été au billard, à la
roulette, ailleurs.—Je n'y vais point pour l'unique
plaisir de lorgner—effrontément : froid, impassible;
comme on le fait d'un cheval; traits à traits—le visage
des femmes : qui, bien qu'elles aiment à être vues, ne
sont (je pense,) guère jalouses de l'insolence de tels hom-
mages.

Je ne me suis pas rassasié du théâtre. Par prudence,
par nécessité, j'ai ménagé ma faim.—Et le théâtre, c'est
mon lieu sacré, c'est mon sanctuaire; c'est le temple où
j'adorerais Dieu, si pour cela j'avais besoin d'un temple.
—La scène est une des reproductions les plus exquises
de l'humanité. Le récit y est mis en action; ce qui parle
bien mieux à l'ame. Car le récit me semble être au
drame ce que le sommeil est à la veille.

Bien mieux vaut la scène que la peinture, que la statuaire. La toile vit; mais sans mouvement, et fixe. Le marbre, immobile, froid, involontairement rappelle le cadavre. — Quelque degré de vie que l'artiste ait imprimé à son œuvre; le moment que son pinceau, que son ciseau a exprimé, ne saurait durer toujours. Ma raison le fait cesser. Tout en m'identifiant avec la pensée de l'être représenté; il faut, malgré moi, que je reconnaisse, au bout de quelque temps, qu'il ne vit plus.—On peut long-temps contempler dans son ensemble et en détail un objet en repos : des fleurs, l'esclave à la meule, l'Apollon. (et encore ce dernier bien moins de temps.) Mais un tableau, une statue, représentant une action : quelque parfaits qu'ils soient: ne peuvent soutenir un long examen d'ensemble : sans — ou fatiguer les têtes de sang-froid, par l'immobilité, la fixité des objets représentés;—ou causer aux cerveaux exaltés une hallucination, un vertige : où l'on voit les personnages se détacher du tableau, du groupe de marbre : et en continuer l'action représentée par l'artiste, si la tête du spectateur est saine; ou, pour les autres, une scène bizarre et de rêve. (*phantasia* du genre de la vieille tapisserie, dans *L'antiquaire.*)

Sur la scène, la ressemblance est identique. J'ai l'homme vivant, l'homme avec toutes ses passions, susceptibles de proportions minimes et gigantesques, en bien comme en mal. — Oh! là enfin je suis heureux. (J'y suis venu dans cette intention, du moins.) Je vais voir se dérouler un chapitre de l'histoire du cœur humain. Là des hommes, des femmes, agiront; mus par des instincts, des mobiles, que je connais déjà. Ou je sais leur portée, ou je vais l'apprendre. Une action suivie va se passer devant moi, plus ou moins intriguée; à laquelle je vais prendre part. Car joie, douleur, colère, amour, jalousie, ambition, amitié, je vais les ressentir avec eux; suivant mon organisation : quelquefois avec plus d'intensité, quelquefois à un degré moindre, que les modèles qui posent devant moi. Acteurs et moi, nous sommes un par la pensée. — Volontiers, par momens, mécaniquement, par impulsion magnétique, j'imiterais leurs gestes. Leur voix, quand elle a bien vibré à mon ame, quand elle s'est mise à l'unisson; je l'ai plusieurs jours dans l'oreille. — C'est pour tout cela que j'aime tant la scène; et que je suis tourmenté, torturé, quand mes chères illusions tout à coup se désenchantent par cette voix mugissante de cerbères qui dans ce lieu saint toujours veillent, toujours prêts à aboyer.

(— « *Mais qu'est-ce qu'il dit donc là?* — *Il n'y a pas de drame à l'Opéra, mon cher!* »)

Alors, suivant mon degré d'animation momentanée, et les sentimens qui m'agitent—suivant que : en même temps que moi, et spontanément: le sentiment de dignité que je ressens, on le manifeste ailleurs dans l'auditoire: —ou que je reste sans écho, tout seul...—Eh bien! alors, ou je réagis; (plutôt que je ne me venge;) n'importe comment. On murmure. Moi, enfant perdu, qui ne crains pas d'attacher le grelot à mon ennemi : je crierai, je m'exclamerai, je sifflerai.—Ou je gémirai; et, sensitive trop brusquement froissée, je replierai mon ame sur elle-même. Et tout bas, les yeux fermés, je maudis mes troubleurs.

Allez ! Je connais cette loi des mondes : que l'individu doit être sacrifié à l'espèce. Et depuis long-temps j'y ai condamné ma vie.—Il faut que le sentiment qui m'anime soit bien fort, pour que je sorte du néant où volontairement je me suis plongé.— Excusez, je vous en prie : habitués des théâtres où jamais l'on ne siffle! Je vous ai une ofis agacé les nerfs? Grâce pour un paysan du Danube.

—«*Mon cher! avez-vous fini votɘpʋɪŋ ɘɪ?*... *Il n'y a pas de drame, à l'Opéra. On donnait un ballet.* » — Merci de me l'apprendre.—Avant le ballet, vos amis les claqueurs m'avaient déjà brisé les oreilles cinq ou six fois. (Pour mon malheur, j'étais près d'eux.) Une fois, ils avaient troublé l'ouverture de *Guillaume Tell*. Ils l'auraient fait, une seconde; sans des recris subits. Ils avaient accueilli, à nous tuer, des roulades—tours de force prodigieux; mais dont on aurait pu se dispenser de faire le refrain d'un chant d'amour—roulades qui font honneur au gosier flexible et aisé, à l'oreille si juste de madame CINTI, parce qu'elle les rend avec une netteté admirable; mais qui n'ont pas dû attirer à l'auteur de ce passage diabolique des éloges bien purs de flatterie ou d'engouement. —C'est que votre lever du soleil, que je meproposais tant d'admirer et qui doit être parfois du plus bel effet, a été à demi manqué pour moi. Et je vous ai crié, tout bas: «Otez donc vos lanternes! » que je voyais s'avancer à gauche, et passer dans le fond. C'est qu'à l'Opéra, où je m'attendais à être complètement illusionné ; où j'allais pour la première fois, je me suis vu forcé de me rappeler ce qu'en dit JEAN-JACQUES. — C'est que l'attente longue, fort longue, qu'il m'avait fallu faire dehors, m'avait disposé à un état d'irritation que les claqueries de vos amis ont augmenté; puis, plus tard, porté à son comble. C'est que j'étais peut-être prédisposé à cette irritation, avant même d'arriver à la porte de l'Opéra; où, deux fois, déjà, attiré par le ballet nouveau , j'avais fait queue pendant près de deux heures chaque fois,—en vain!! — C'est que le ballet commencé, vous avez applaudi à je ne me souviens plus quoi—mais à contre-sens assurément, puisque, des recris nombreux se sont fait entendre. C'est que vous n'avez tenu compte de notre mécontentement. C'est que, malgré moi, vous m'aviez poussé à bout. Vous vouliez, à tout prix, nous imposer vos claqueurs. Pourquoi aurais-je cédé devant vous? dès que j'étais assez vivement irrité pour vous jeter au nez mon improbation, non de la scène, mais de vous? — Avant de réagir tout haut, déjà je vous avais maudits plus d'une fois tout bas. Et quand j'ai sifflé, je ne regardais point la scène : je devais avoir les yeux ou fixes, sans voir; ou plutôt fermés. — Après le premier coup, je m'étais remis à la scène; et ma mauvaise humeur s'effaçait. Entre alors une jeune femme dont le nom a depuis bien long-temps charmé mon oreille, dont la pensée a plus d'une fois chassé les nuages de mon front : bien que je ne connusse que son portrait. Et la foule murmurait son nom avec délices : « C'est elle! C'est TAGLIONI! La voilà! » Ce murmure flatteur et senti, voilà l'applaudissement qui lui convenait! que j'aimais à lui voir donner, à elle qui, avec une grâce si pure, une simplicité si noble, venait s'offrir à nous et nous ravir. Et moi, redevenu heureux, je commençais à l'admirer. Quand.... Ah! tueurs de mes sensations! Même *elle*, vous la profanez? jusque sous mes regards! Guerre donc! — Et j'ai resifflé; sifflé d'autant plus fort, que c'était à elle qu'on vociférait des mains. — Misérables! au moins

elle! elle! épargnez-la. Je ne vous demande grâce que
pour elle!

« Comment! vous n'aviez jamais été à l'Opéra? »
Non. Jamais.—« Pour votre essai, vous avez été bien
inspiré. Vous les avez *insultées*, sans les connaître. »
Ne dites plus ce mot-là. Je l'ai renfoncé dans la gorge
à qui, plutôt que vous maintenant, aurait pu le dire
avec une ombre de raison.—Je ne connaissais l'une
que de nom.—De l'autre je savais les traits déjà. Et
j'avais avec moi deux amis qui déjà plus d'une fois l'a-
vaient vue. Et son nom, murmuré avec joie par
la foule, l'aurait apprise à qui n'en aurait jamais rien
ouï dire. Oh! elle a entendu toutes ces voix, et, jeune
fille, elle en a été ravie, j'en suis sûr. — Ses traits, je les
reconnus. Mais je jouissais pour la première fois de son
chaste maintien.

Gracieuse, ah! gracieuse Taglioni!.... — Pendant
que j'écris ces pages, ton souvenir en même temps
m'occupe. Tu es là devant moi : belle, gracieuse; faisant une jolie petite moue que j'ai encore peu parlé
de toi.—Attends, pensée chérie! attends!

Car je voudrais bien dire encore que les aides em-
ployé par vous, messieurs les directeurs! imposent mal
au public; qui ne raisonne pas ainsi, « On applaudit : la
pièce est bonne; » comme vous le pensez. Votre artifice
est tout au plus inconnu à l'Algérien nouveau débarqué,
à Paris, de sa rue Bab-a-Zoun. — « Mensonge! vous dirai-je moi! mensonge infâme que tout cela! » Et que ce
n'est pas le tintamare, le charivari de votre contre-or-
chestre qui attire la foule, ou le nombre tel quel qui
vient à votre théâtre; et qui y vient, *malgré* ces enne-

mis qu'il sait qui l'attendent là; qui y vient pour des
actrices, des acteurs qu'on aime—quelques-uns, d'un
bien grand amour.

Je voudrais redire aussi que ces gens sont un op-
probre à l'acteur; que, fusses-tu Talma, on te donnerait
pour coopérateurs des... C'est infâme. On compte donc
bien peu sur ton talent, que de tels accolytes soient ju-
gés utiles? C'est hideux. C'est monstrueux. C'est dégoû-
tant.

Et encore à vous, directeurs! que vous devriez
nous traiter, nous public, avec plus de convenances.—
Nous n'avons pas besoin d'être violentés par vos Bria-
rées aux cent bras, pour sentir, pour approuver. Laissez-
nous entière notre liberté. N'attentez pas à notre conscience. — C'est presque plaisant, ma foi! que de nous
donner forcément des ânes mentors, de butors ciceroni;
qui nous apprennent quand et quoi je dois admirer; où
il faut que je commence, que je cesse;—que de m'assas-
siner les oreilles du vacarme de vos tamtam vivans, qui,
avec leurs bras de fer, battent, dans leurs mains de fer, la
mesure des sentimens que je dois éprouver.—Ils battent
faux; je vous le jure. Je l'ai mainte fois senti. Ils sont en
retard, en avant, d'une demi, d'un quart de mesure. Ils
sautent des notes, où leurs diaboliques machines devraient
se faire entendre.—J'ai ouï émettre cette opinion : que
la coutume ancienne de jouer des orgues, qui a prévalu
en Allemagne; savoir de les faire accompagner le chant
des fidèles: avait puissamment contribué à donner, de
générations en générations, une grande justesse d'intonation aux Allemands. Que cela soit bien vrai ou non:
vous avez fait, directeurs! une chose à peu près de ce
genre. Mais vous n'avez, certes, pas été artistes. Si vos

moniteurs ressemblent à quelque chose de l'orgue : c'est à cette basse continue, et nazalement bourdonnante, qui accompagne toujours ses autres sons plus beaux. Basse qui fatigue dans les cathédrales; qui chez vous étourdit, assomme.

A vous, monsieur Véron! je voudrais bien dire aussi que, si des claqueurs sont hideux quelque part, à la scène; c'est à votre Opéra surtout : où l'on est d'autant moins disposé à les supporter, qu'on a fait queue au-dehors fort long-temps, sans être certain d'entrer; (Cette foule qui se presse vous fait honneur, monsieur Véron! bien que l'attente *incertaine* soit longue.) — ....à l'Opéra où l'art, bien que maniéré et mal à l'aise, avoue au moins hautement, et pleinement atteint un des buts de l'art : le plaisir.—Vos décors sont beaux. Vos costumes frais et riches. Vos danseuses, jolies, voluptueuses et en bon nombre. Votre orchestre enlève bien un morceau. Vous avez plusieurs belles voix, qui ont de très-belles notes. Et, malgré tous ces moyens, vous avez recours à.... O homme de peu de foi!—Monsieur Véron! vous n'avez pas fait usage là de votre tact, de votre talent.—Ce remède, il fallait le laisser au drame moribond. A l'Opéra, fi! — Sur des tréteaux, à Saint-Germain, un homme montrait un clavecin magique; qui, sans qu'on y touchât, exécutait les morceaux qu'on lui demandait. Pour imposer à ce peuple de la foire, le musicien feignait de remonter sa machine; et le faisait avec un fracas effroyable. Appelé devant Louis XIV, tous savent qu'il eut la maladresse, ours de la fable, de ne pas changer de procédé. — De même aux boulevards et chez vous. — Ce sont vos claqueurs qui, à l'Opéra, insultent à vos jolies danseuses, qui les outragent. Ce n'est pas moi, qui siffle ces goujats, vos aides—mes bourreaux.

Dirai-je encore qu'au moins il ne faudrait pas que ces hommes soient groupés, comme un essaim de mouches impures, à droite et à gauche, au parterre? qu'il les vaudrait mieux disséminés de divers côtés : en haut, en bas, partout? Leur tapage serait moins assourdissant pour ceux qui siégeront auprès d'eux.—Mais à vos troupes, ainsi éparses, on imposerait peut-être plus facilement silence?

Et encore que vous n'avez pas de rivaux qui excusent chez vous l'introduction de ce moyen : comme en ont les théâtres des boulevarts.—Le théâtre naumachique bientôt? Ah! de grâce, par pitié, quand il sera ouvert, ne doublez pas votre piquet; ou donnez-leur des gants.—Mais folie! que craindriez-vous? Vous avez de beaux talens de plus d'un genre. Vous avez TAGLIONI.—Ah! TAGLIONI!—N'y aurait-il qu'elle? on l'ira toujours voir. Jamais assez on ne l'aura vue.

Enfin j'ai fini.

Tout de vous maintenant, TAGLIONI!

———————

O Taglioni ! devant la foule je porte la tête haute. Je ne la baisse que devant ceux que je reconnais mes supérieurs : mais alors je l'incline. C'est hommage au génie. De tout le reste je suis indépendant.—Qu'elle dise que je vous ai injuriée. Sèchement, avec dédain, je lui dirai, *non*. Mais devant vous, vous seule, je courberai mon front. A vous j'avouerai avec larmes que je suis coupable, bien coupable; mais par imprudence. Je vous ai causé un moment de déplaisir, suivi de souffrances.... Ah ! c'est qu'avant vous, pour vous, moi aussi j'avais souffert!—Mais je suis innocent de toute injure. Croyez-le, Taglioni!... Et—vous êtes femme, vous êtes gracieuse —pardonnez.— Et que, par vous, j'aie aussi mon pardon de votre aimable compagne.....

Oui, vous êtes bien gracieuse.—Qu'est pour vous ce tardif hommage? Un de plus, un inconnu, perdu dans le nombre.—Vous êtes gracieuse comme une lumière bien pure; comme un beau rayon de soleil, au printemps. Vous êtes l'harmonie des mouvemens, la musique des pas.—Je sais maintenant un soulagement de plus à mes douleurs : (car souvent je souffre;) votre vue. Heu-

reuse, sans vous en douter, de rendre le calme à une
ame agitée !

Sans votre portrait, j'aurais dû vous reconnaître. Je
vous ai déjà vue. Où ? je ne sais. Mais point dans ce
monde. Dans mes rêves peut-être. Dans un monde nouveau que j'espère ; auquel il faut bien que j'aie foi, pour
consentir à continuer de vivre : monde où, déjà, vous
aussi avez peut-être vécu. — « Ces rêves sont fous. »
N'importe. Ils sont doux. Laissez-les-moi : Je n'ai pas
toujours une main amie qui, dans mes accès, serre
la mienne ; et tendrement se pose sur mes yeux, pour
m'inviter au repos.—Oh ! la grâce, la beauté ; l'harmonie des sons ! Toutes choses pour moi un langage de
Dieu ; sa manifestation à nous humains.—A votre vue,
malgré moi, je me prends à rêver une autre vie inconnue : alors je suis bien heureux.—J'aurai toujours un
grand regret : c'est, l'ayant pu, de ne pas vous avoir vue
plus tôt.—Ne soyez pas effrayée : ce n'est qu'une ame
qui vous aime. Elle se tiendra toujours à l'écart, de peur
de vous porter malheur. — Elle l'a fait déjà.

Vous avez été malade, malade par moi. — Se-
rait-ce donc ma destinée, de porter malheur aux êtres
que j'affectionne ?.... — Dieu ! si tu avais bien aimé
ce fils de ta Terre ; à qui tu devais avoir promis
du bonheur, puisque tout jeune il en avait déjà un
sentiment immense : tu aurais épargné des souffrances à son ame ; son cœur, tout jeune, n'aurait pas
été brisé. Tu lui aurais donné de la joie, beaucoup de
joie : pour en redonner à de belles femmes, à l'amour
content et heureux ; à de bons et nombreux amis,
car son cœur y pouvait suffire.—Tu t'es trompé,
Terre qui m'as créé ! Je ne devais pas vivre encore : mais

dans mille, deux mille ans ; quand tu seras plus heureuse et plus belle.—Et puisqu'aujourd'hui j'ai vécu à contretemps, alors me feras-tu revivre ? —Taglioni ! et vous ?....

Vous avez été malade.—Ils ont tort, ceux qui veulent que votre retraite momentanée n'ait eu qu'une cause chimérique. Moi je ne crois pas à cela, qui est une injure.—Pour moi, tu as été malade, malade dangereusement : parce que, femme, un instant, devant un son tenace qui semblait te menacer ; un instant, tu as pâli, tremblé—à tort, c'est vrai ; mais tu as tremblé—que ce son terrible ne fût vrai. « Je ne suis donc plus moi? » —Le son a continué. Sans plus réfléchir : « Il y a donc en moi quelque chose de mal? Je ne sais pas quoi ; mais.... Je ne suis plus à moi. » Voilà la femme ! — Et son cœur se resserre.

Qu'elle surmonte sa douleur ; que l'artiste triomphe ; qu'elle recommence son jeu : qu'elle reprenne assurance, par la cessation ultérieure du bruit sinistre. Bien ! voilà pour la fin de la pièce.— Mais la nuit? Un souvenir pénible, un son horrible la poursuivra. Faible femme, Λ succombera-t-elle ? Très-possible oui. Moi je le crois ; je veux le croire.

« Nos couronnes l'ont dédommagée de votre insulte. » Vous croyez? Cela est possible. Mais le contraire l'est aussi. — Vos bouquets, jetés à terre, qu'il faut se baisser pour prendre, leur hommage était-il aussi senti que la vengeance, contre les claqueurs, de ce sifflet sonore et continu? et qui n'a point cessé par crainte de la lutte, je vous jure :—mais parce que, plus long, il aurait pu faire beaucoup de mal à l'actrice. D'ailleurs, depuis

peu étaient arrivées des personnes à qui, serait-on leur ennemi, on devrait encore hommage. La colère légitime de
ma joie troublée devait céder devant un devoir de conve-
nance. (Je vous remercie : vous qui, parlant de mon
sifflet, n'avez pas même soupçonné que j'aie senti cela.)

Tous vos bouquets, si impoliment offerts, n'ont
pas effacé quelque trace du souvenir amer qui les avait
précédés. Ce souvenir a crû d'intensité, s'est enté sur
lui-même; si, hors de la scène, on n'a convenablement
essayé de le faire oublier. Et, bien que prudemment dis-
sipé, il a dû occuper les rêves. — A son reveil, la jeune
fille a été préoccupée, contrariée. Et comme elle est
tendre et délicate, elle a dû être un peu abattue; et du
repos lui a été nécessaire. Ainsi, tout au moins, elle a été
un peu malade.

(Et, quand elle vous a été rendue : pas une couronne de vous ne l'a accueillie, ne l'a fêtée, ne l'a re-
merciée! Pas une! Comme vous savez bien aimer une
femme!)

————

O Taglioni! femme charmante! Psyché de la
danse! toi si heureuse de danser, et qui nous rends si
heureux de tes pas! c'est un crime, de troubler la séré-
nité de ton ame, la satisfaction de ton cœur! — S'il
connaissait déjà les angoisses, je ne voudrais jamais
l'apprendre; je refuserais d'y croire. Je veux me per-
suader qu'il y a sur terre au moins un être qui soit
pleinement heureux. — Jeunesse! que tu as de charmes, quand tu es telle que Dieu t'a faite! Toi, Taglioni!
il t'a créée pour danser, et l'on n'a pas violenté tes dé-
sirs.—Ah! danse, sylphide! Que la volupté pudique de

tes pas gracieux nous enchante, nous ravisse, nous rende fous de toi. Que ta grace amuse les autres : pour moi, qu'elle me fasse oublier, un moment, que je suis sur cette terre encore.

Oh ! danse. Avec amour. Pour être heureuse : et de toi, si belle; et de nous, dont les lèvres tout haut, à l'envi, murmurent ton éloge : nous dont la voix, les yeux, le geste exhalent le contentement et la joie; nous tes chastes adorateurs. — Mais arrière les infâmes ! arrière les profanateurs de nos sentimens nobles ! Arrière !

Applaudissez : vous, femmes, enfans, jeunes filles ! applaudissez des mains. Car le son qui en résultera sera doux et harmonieux : vos mains sont tendres, vos bras sont frêles. Battez des mains, riez, souriez, à cette jeune fille enchanteresse. Qu'entre vous toutes et elle il y ait échange spontané et continu de sympathies ! A vous les applaudissemens !

Hommes qui voulez remercier l'artiste de son talent ! hommes, aux mains plus robustes, aux bras plus vigoureux : ne battez des mains qu'en vous retenant. Ne frappez point de toutes vos forces ! Vous manqueriez aux convenances. Il y a là des femmes, des enfans, qui n'ont pas les nerfs accoutumés à ce vacarme ; (ou dont il faut les déshabituer, si malheureusement elles y sont faites.)

Toi, ange, déesse de la danse ! conserve toujours ton divin caractère : ta pudeur si suave, ta pudeur voluptueuse et chaste ! C'est bien ainsi que Dieu t'a émise de son sein.—Laisse à tes compagnes, qui ont leur grace, mais qui n'est pas la tienne; laisse-leur ces pas hardis qu'accueillent un sourire, un *oh!* libertins. Sans cela, tu ne serais plus toi. Ce n'est point de ces applaudissemens-là qu'il te faut. — Qu'au moins devant moi tu ne sois jamais profanée, toi que vierge je veux voir, toi que chaste j'admire! — Public! pudeur, sinon respect, pour elle! Pudeur pour sa décence! Pudeur, ou pitié, pour moi qui l'aime!

La scène, depuis qu'à peine je suis jeune homme, a été l'objet de mes vœux secrets et mon espérance—déçue —de gloire. C'est vous qui, pour moi, désormais, en êtes le type. Je l'avais rêvée gracieuse et pure, comme vous; belle, comme vous êtes toujours; sublime, comme lorsque, en tête de ce triangle—qui n'imite point votre geste —seule, à genoux, vous semblez ou remercier ou invoquer Dieu!

✳

1833 - 34.

𝕻𝖆𝖗𝖎𝖘,

ÉVERAT, IMPRIMEUR,
RUE DU CADRAN, 16.

✳

www.ingramcontent.com/pod-product-compliance
Lightning Source LLC
Chambersburg PA
CBHW061703180626
46818CB00003B/1243